OCEAN

BLA
BLA ?!

Hey!
DANGER

anna Hollmann

stupid story

1

TOKYOPOP®

INHALT

stupid story
scene 1

Mein erster Schultag an dieser Schule.
Diesmal mache ich alles richtig! Zum ersten Mal werde ich mich anders verhalten als sonst, dann finde ich bestimmt auch viele Freunde ...
... Endlich ...
... nie wieder Außenseiter ...

Hey! Aus dem Weg da!
Aus dem Weg, sag ich!!
Schwerhöriger Idiot!
Toll ... Das fängt ja gut an ...
Ha ha ha!
Bla ... Bla ...
Müll
Typisch! Ich werde immer noch wie Luft behandelt ...
aniks altes Ich!
Ich werde wohl immer gleich dumm aussehen ...

Alan, stimmt es, dass du dich seit Neuestem mit dieser Tusse hier abgibst?
Wen nennst du hier Tus-se?! Du Kuh!
Sag das noch mal und ...
Kuh!!
Was?! Jetzt reicht's, Zicke!
KREISCH
STREIT
Hm ...?
Woa ...!
Dieser Typ ... sieht ja verdammt gut aus! Kein Wunder, dass sich die Mädchen um ihn streiten. Der muss an dieser Schule ziemlich beliebt sein ...

Er ist genau das Gegenteil von mir ... Kein Wunder.
Ich wünschte, ich wäre auch so cool!
Wenigstens für einen Augenblick beliebt sein ... Die Aufmerksamkeit der anderen haben ... Nur für einen Moment ...
... im Mittelpunkt stehen ...!

Schön, dann musst du dich eben für eine von uns entscheiden.
Genau! Entscheide dich! Aber für die Richtige!
Hä?! Ent... Entscheiden? Ich will aber nicht ... ich will euch alle!
Hm ... Mein Klassenzimmer muss doch irgendwo sein ...
He he ... Aber wisst ihr was?! Eigentlich ... bin ich schon vergeben! Ihr wollt jetzt sicher Beweise, stimmt's?
Was?! Du lügst doch! Alles nur Ausreden!
Genau! Wer soll »sie« denn sein?
Sieht bestimmt nicht besser aus als ich!

Ah ... Da vorne muss es sein!
PACK
Huh ?!
SMILE
?!
Schreck
!!!
Uh ...
Oh mein Gott!
Waah!

Bla
Bla
Tuschel
Situation rea-
lisier!
Glotz
Läster

STRAHL
He ... He he ... Das ist meine neue »Freundin«! Beweis genug oder wollt ihr noch 'ne Kostprobe?
Mir wird schlecht ...
Shocked
Du bist also ernsthaft mit einem Jungen zusammen?
Yep! He he ...
Kaum zu glauben ... Ausgerechnet du! Na ja, aber glaub nicht, dass wir dich so leicht aufgeben!
Buhuu ... Tröste mich! Mein Traummann ist schwul ... Heul!

Er hat mich doch gerade eben nicht etwa ... ge...kü...küsst?!
Das ... war mein erster Kuss ...
Alle haben es gesehen ... Was sie jetzt wohl denken!!
Und alles nur wegen ... diesem ...
Hm?!
Hey! Alles in Ordnung? Du siehst so blass aus, Schatz!
PURER HASS

Ich bin so wütend ...
Wieso hat er das gemacht?
Mein Leben an dieser Schule ist nun vorbei ...
Du ...! Du bist so ein ... ein ...
Hübsches Kerlchen?
Sexy und klug?
Gut aussehend und ...
Er macht sich lustig über mich!!
Blöder Penner!! Ich hasse dich, du Esel!!

ESEL
Waah!
Alan ...
Dass sich jemand traut, ihn zu beleidigen ...
PENNER
...
ALANS FANCLUB
Oh! Ehekrach? Heißt das, du bist wieder solo?
Für dich sicher nicht!
Hey ... sei nicht so gemein ...

stupid story
scene 2

Zwei Wochen sind nun seit dem peinlichen Schultag vergangen ...
Ich verstehe immer noch nicht, wie es dazu kommen konnte ... Und wieso? Wie konnte ich mich von 'nem Typen küssen lassen?
Jetzt kann ich mich nie wieder blicken lassen ...
Nun lasse ich mir die Schulaufgaben von einem Mitschüler vorbeibringen ... Aki.
Hey, wo bleibt mein Tee?!
Waah ...
KLIRR
Ah! Vorsicht!!
BAMM

Boah ey! Womit hab ich das bloß verdient? Du bist echt zu nix zu gebrauchen!
Sorry ...
Hier, ein Handtuch ...
Sorry? Du hast vielleicht Nerven ... Das Shirt hab ich mir gestern erst gekauft!
Grummel!
Ja ... Von meinem Geld!
Hey, sei froh, dass ich überhaupt vorbeikomme. Ich hab echt Besseres zu tun!
Dafür muss ich dich ja auch jedes Mal bezahlen!
KRALL
Nichts ist umsonst! Oder ...

... willst du, dass ich dich in der Schule verpfeife, weil du gar nicht krank bist?
Hm ... Schon toll, wenn man einen Stief-vater hat, der Arzt ist, was?
Lässt man sich einfach krankschrei-ben ...
Wär 'n toller Schülerzeitungs-artikel ...
KNURPS
Schon gut, halt die Klappe! Ich bezahl dir dein blödes Shirt!
DOSCH

Na, das klingt ja
schon besser ...
Hm ... ohne Brille
könnte es gehen ...
Was ist?
Aki!
ZIEH
?!

Meine Brille! Ich ... sehe nichts ohne ...
He he he ...
Was zum ...!
Vergiss das Shirt ... ich habe einen besseren Vorschlag!
Deine Brille gegen ein Date mit mir!
Ein was?!!
Es ist ganz einfach. Zieh diese Klamotten an und du ersparst dir einen peinlichen Artikel ...
... in der Schülerzeitung und du bekommst deine Brille zurück ... oder ...
Hab ich 'ne Wahl?
O... Okay, ich mach's ...

Kurz darauf ...
Ich seh aus wie ein Perverser ...
... Perücke ...
... Halsschmuck ...
Wow! Perfekt!! Ich wusste, es würde Klappen. Jetzt aber los!
Nein, warte! Aki, ich ... ich kann nicht!!
Klar kannst du! Denk an den Artikel!
Neiiin, bitte!
Nun sind wir eh schon da! Keine Sorge, ich bin doch bei dir und es ist nur für heute Abend!

Hey, Aki, Alter! Ich dachte schon, du kommst nicht mehr.
?
Ist das peinlich! Ich möchte am liebsten im Erdboden versinken ...
Hi, Alex! He he!
Wie konnte ich mich nur so erpressen lassen ...
... In dem Kleid fühle ich mich nackt!
Wenigstens durfte ich meine Turnschuhe anbehalten.
Du, Aki, wer is'n die Kleine? Hast du gestern nicht noch behauptet, du bekämest keine ab?

Pssst! Nicht so laut, du Trottel!
ehen wir voanders in, dann rklär ich r alles ...
... was reden die da:
Hey, meine Süße! Na, ist doch halb so wild hier, was? Ich muss dich nur kurz allein lassen. Dauert nicht lang!
Allein? Heißt das ... du lässt mich hier ganz ... allein?!
Genau! Amüsier dich so lang ein bisschen, he he!
SCHUBS
Wuaah ...

Pass doch auf, wo du hinläufst, Idiotin!
Oh!! S... Sorry! Ich meine ... I... Ich ... Ähm ... Öh ...
TAST FÜHL
PERVERS
Wow! Als Kerl würde ich eine Ohrfeige oder einen Tritt in den Schritt kassieren ...
Die Klamotten sind eine gute Tarnung ... Ich glaube, so hab ich mehr Chancen bei den Mädchen ... Hö hö ...
SCHLÜRF
Cool, Getränke umsonst ?!

... der Saft schmeckt seltsam ...
Yo, Alan!
Alan?!
Na, wieder unter echten Frauen? Wo ist denn deine Süße geblieben? Oder war sie dir doch zu männlich? Ha ha ha ...
Hä?!
Ach, halt's Maul! Wenigstens bekomm ich überhaupt wen ab, im Gegensatz zu so was wie dir ...
SCHNIPP SCHNIPP
Hey, das hab ich überhört!

Wie?!
Aber ...
das ist
doch ...
Dieser ...
dieser ...
UNMÖGLICH!
Schock
Fazit:
derselbe
Typ!
Lange Haare!
Kurze Haare!
WUT
Richtig ...
Dieser Arsch
hat mich vor allen
blamiert und be-
schämt ... Ihm hab
ich's zu verdanken,
dass ich wie ein
Vollidiot in Mädchen-
kleidern rumlaufen
muss ... Das ist
so peinlich!
Dieser Albtraum wird
mich mein Leben
lang verfolgen ...

Hey,
du da!!!
?!

Mir reicht's! Ich hab's satt, immer die Witzfigur zu sein!!
SCHWINDEL
... Wa... Was ist denn jetzt?!
Mir ist auf einmal so schlecht ...
Was wollte ich gerade eigentlich sagen?!
...
Wie süß ...

Ugh ... Ich glaub ...
... ich muss kotzen!
Hey, ist alles in Ordn...
?!
Ngh ...
FALL

So ein Flittchen!
Hust
Hust
... Die geht aber ran ...

- Alau -

stupid story
scene 3

Diese Miststück
Läster!
Hö?
Was fällt der denn ein?! Macht sich einfach an Alan ran, die Kuh!
Oh Mann! Ich weiß zwar nicht, was das eben für 'ne Aktion war ...
... aber ich möchte dieses Mädchen unbedingt kennenlernen.
Ich glaube, ich habe soeben ...
... meine Traumfrau gefunden!
Sorry, meine Süßen, aber ich mach mich jetzt vom Acker.
Was?! Aber Alan, du hast mir heute noch einen Tanz versprochen!

He he!
Wieso?
Sorry, is heut nicht drin, Schätzchen, ein ander-mal!
Schniefl
Hey, er geht nach oben ... Sind dort nicht die Schlafzim-mer?
Er will doch nicht etwa ...
BAMM
Tür ->
Alan, warte!! Nimm mich!
Nein, mich!!
... Ich soll was?! ... Sind die nervig!
... endlich allein!

Das muss ein Traum sein ...
...
RASCHEL
... Ich und meine Traumfrau in einem Schlafzimmer ...
Sie ist einfach perfekt!
Ich halt's nicht länger aus. Ich will sie küssen ...

Ich ...
... tue es einfach ...
jetzt ...
... oder nie!

... Mmh ...
...?!!
Hä ...?!
Oh mein ...! Das geschieht jetzt nicht wirklich?!
FUMMEL

N... Nein!
Bitte ...
Hilfeee!!
Uh ...
SHOCKED
Schluchz!

... Stille ...
SCHLUCK
... Ist er tot?
WUSCH
Runterschiel
WAHH
D... Der schon wieder ...?
Du bist eindeu-tig meine Traum-frau!
GRAB

TRAUMFRAU??!!
... T... Traum... FRAU?!
ERSTARR
... Traumfrau ...
Uhh ... Ohh ... Mir wird wieder so schlecht!
Hey, du wirst doch jetzt nicht wieder schlappmachen?! Jetzt, da ich endlich deine schönen Augen gesehen habe!

Warte ... ich mach das wieder gut!
Du machst mich ... total verrückt, weißt du das?!
Oh nein ... Hilfe!
Äh ... Ähm ... Bitte! H auf ... damit

Du bist das erste Mädchen, bei dem ich mich nicht beherr- schen kann ...
Nun hör schon auf ... Ich ...
Mist ... Warum fällt es mir auf einmal so schwer, ihm die Wahrheit zu sagen?! Eigentlich sollte er von mir eine in die Fresse bekommen!
Hab ich etwa Mitleid? Oder ist es eher Angst?
?
... bin nicht das, wofür du mich hältst, okay?
ZUPF
I... Ich ... bin kein **Mädchen** ... Ich bin ein **Junge** ...

...
...
WAMM
Konfus
Blamiert
Enttäuscht
He... Hey! Alles okay?!
Ich glaub's nicht. Wie kann das sein?
Zum ersten Mal verliebe ich mich in ein Mädchen meiner Träume ... einen Engel ... Der auf einmal ein Junge ist ... Was für ein Albtraum! Dass mir das nicht aufgefallen ist ...
... Ich habe freiwillig einen Kerl geküsst! Befummelt, ohne Hintergedanken ... Und ich wäre weitergegangen. Wie viel habe ich heute eigentlich getrunken?

Moment ... Sein Gesicht habe ich doch schon irgendwo ... Genau!
Du bist doch der Loser, den ich vor ein paar Tagen im Schulflur geküsst hab!
... L... Loser?
Äh ...
Oh ja ... Jetzt kapier ich's! Du kleiner Mistkerl wolltest dich wohl an mir dafür rächen?
PACK
Na, ich hoffe, du hast dich gut amüsiert ...
... denn jetzt, meine Liebste, bekommst du, was du für dein Benehmen verdienst!
Nh ...
?!
BLINZEL
...?

BLUSH
Wehr dich gefälligst!! Verdammt ...
SCHUB
Ah ...
Wahl
O... C
nein
SCHOCK
Oh Mann ... Wieso fällt es mir so schwer, ihn zu vermöbeln?
Ich kann ihn nicht mal ansehen ... Er sieht auch ohne Perücke wie ein Mädchen aus, für das ich ihn anfangs hielt.
Ich schlag doch keine Mädchen ... Aber er ist doch keins! Also wieso ... kann ich es nicht?!
D... Du hast mei Kleid kaputt gemacht. A bringt mic um!

Nun spiel hier mal nicht das Opfer!
Was meinst du, wie es mir erging, nachdem du dich nicht mehr blicken ließt ...
... Hätte ich das vorher gewusst ...
Rückblick – Umkleide
Alan? Jetzt, da dich dein Süßer verlassen hat, gäbe es da nicht 'ne Chance für mich?
KUUUSS
PFOHOHAH
<-Wand
Ehe he ...
Oh, Alan, erzähl uns von deinem Freund!
Habt ihr schon xxx und xxx und ...
Sei doch nicht so schüchtern ... Komm schon, erzähl!
Wo bist du, Alan?
Komm raus!
Wenn ich nur daran denke ...
Schauder!

Und das alles nur, um die Gefühle von ein paar Mädchen nicht zu verletzen ... Oh Mann!
Junge ... Deinetwegen hab ich mir sogar die Haare geschnitten, um nicht gleich aufzufallen ...
Ach ... Ach ja? Na danke! Hab ich dich darum gebeten, mich zu küssen? Muss ich mich jetzt auch noch dafür entschul-digen, dass ich mich wie ein Perverser in Frauenkleidern verstecken muss?
... Auf die Gefühle der Mädchen nimmst du also Rücksicht, aber was ist mit mir? Wie ich mich fühle, ist dir doch total egal ...
So wie allen anderen ...
Warum?
Warum hasst du mich? Warum hassen mich alle?!
Was hab ich denn getan?

... Hassen ...?
Was rede ich da? Ist das peinlich ... Der wird mich doch glatt auslachen.
?
Ich muss hier weg ...
Tut mir leid ... Das alles ... Ich geh jetzt nach Hause!
War-te!
Heißt das ... das Ganze war **kein** Rachefeldzug ... sondern die Folge von ...
Lass mich los! Das ist doch sowieso egal!

Tschüss!
Nein!! Bitte warte! Geh da nicht raus ... Was werden die anderen denken? Sie werden glauben, wir hätten ... Ich hätte dich ... Du und ich ... Äh ...
KLACK
LAUSCH
...

Ich glaub's ja nicht! Ist das nicht Alans »Exfreund«?
Na, dieser Anblick bestätigt doch alle Gerüchte! Heimliche Homo-Beziehung ...
Ich kann mir schon denken, was gerade im Zimmer abgegangen ist ... Und ich dachte, Alan verarscht uns nur.
Genau! Aber für den femininen Körper würde ich wohl auch schwul werden ... Ha ha ha!
Y... Yan...?! Wo ist deine Perücke?
Ich fühle mich so elend ...
Hey, Junge! Warte!!

Ähm ... Alan?
... Shit ... Ich verdammter Vollidiot!
... Hey, Alan!
Ich wollt frage ob ..
Ja, schon klar ... Wenn du auch so scharf drauf bist, zu erfahren, ob ich schwul bin ...
Wieso fragst du dann nicht lieber gleich die anderen ... Sie wissen's ja anscheinend besser als ich ... Also, sorry, ich hab gerade keine Zeit!
Wenn du Yanik hinterher willst, dann wäre seine Adresse doch sicher hilfreich
Meinst du nicht auch?

Etwas später bei Yanik ...
Nun kann ich mich nie wieder blicken lassen ...
Ob ich meine Eltern noch mal zu einem Umzug überreden kann, wenn sie von der Geschäftsreise zurück sind?
BUHUHU
SCHLUCHZ
SCHNIEF
Wieso gibt mir nicht jemand gleich die Kugel? Jetzt, da ich meine Karriere als Loser erfolgreich gestärkt habe ... Wie erbärmlich!
Ding Dong
Das wird Aki sein, dieser Blödmann ...
FLAPP
?!
KLACK
Wird aber auch Zeit! Wo warst du denn die ganze ...
...

...
GLOTZ
...
BLUSH
Junge ... Du bist ja wirklich 'n Kerl ... Ich hätt's ja nicht ge- glaubt, aber jetzt ...
KRATZ KRATZ

Ach, fahr doch zur Hölle!!
BAMM
Warte, Yanik!! Mach auf! Oder ich brech die Tür auf.
Woher kennt er meinen Namen?
Ah!
Arg!!
Dosch
BAMM
Oh ...
Krach
... Ups ... Sorry.
Uhm ... Ich spüre meinen Körper nicht mehr ... Du bist zu schwer!
Du tust so, als wäre ich ein Walross!

Na ja, wenigstens kannst du i dieser Lag nicht davor rennen und musst dir mein Gelaber anhören.
Yanik ... Hör zu, das alles tut mir wirklich leid, das wollte ich nicht! Du hast recht. Ich bin echt ein Egoist, der nur an sich denkt ...
Was soll ich sagen? So bin ich halt. Aber ... Bitte, ich hoffe, du nimmst meine Entschuldigung an. Und dass ich mich in dich verlie...
I...I... Ich meine natürlich ... Dass ich dachte, du wärst ein Mädchen, und ich mich dir gegenüber so verhalten habe ... Tut mir ebenfalls leid! Das ist mir selbst peinlich ...
Ich weiß, eine Entschuldigung macht das nicht wieder gut ... Aber vielleicht lässt deine Wut auf mich nach, wenn ich dir sage, dass Aki und ich die Gerüchte über dich und mich beseitigt haben ...
Also da nu alles im Reinen is könnten vielleich Freunde sein?

Freunde? Ist das ... dein Ernst?
War das jetzt ein Ja?
N... Nun ... lso ... I... Ich ...
Na ja, eigentlich hast du keine Wahl, denn wenn du ...
... Nein sagst, rzähl ich llen, dass wir ein ebespaar sind! He he ...
D... Das wagst du nicht! Und jetzt geh endlich von mir runter, du Wal-ross!
Ha! Und ob! Wehr dich doch, Loser!
Muha ha ha ha ...
Wah ... Lass das, das kitzelt!
Top Top
Tse ... Jetzt erzählt mir nicht, dass das hier auch nur ein Miss-verständnis ist ...

Oh ... Ähe he he! Äh ... Ähm, es ist nicht so, wie es ...
Ja, ja ... Genau so sieht's auch aus. Hätte ich das vorher gewusst, hätte ich die 20-Euro-Wette glatt gewonnen ...
Ihr wettet um uns ...?
ANZ
Wenn du deine dumme Klappe hältst, bekommst du 20 Euro mehr!
Schon gut, regt euch ab, Kinder. Ich bin nur hier, um Alan zu warnen, dass seine »Fans« nach ihm suchen. Jetzt, da sie wissen, dass er wieder solo ist ... Na ja, ich bin dann mal weg. Die Meute abhängen.
Bedankt euch später!
Wenn das so ist, dann bin ich doch lieber an 'nen Kerl vergeben.
Aber nicht an mich!

Also, viel-leicht sollten wir uns jetzt trennen. Ich möchte nicht so gesehen werden, wenn jemand kommt ...
...
Betrachtet
Ja, du hast recht. Dann geh ich jetzt wohl besser.
AUFSTEH
Wow. Er ist groß ... Jetzt, da er so nah bei mir steht ...
Aber du hast mir mmer noch eine Antwort auf meine Freund-schafts-frage ge-geben ...
Oder wie wär's, wenn ich dich morgen zur Schule ab-hole?
Ich glaub's nicht!
Der beliebteste Schüler fragt ausgerechnet mich, ob wir Freunde sein können.
Und jetzt will er mich sogar vor der Schule abholen!
Das muss ein Traum sein!

Na gut.
Aber ... warum eigentlich nicht?!
!
SCHNAPP
Oh, super! Ich wusste, wir würden uns ver-stehen.
Äh ... Sorry! D... Das war aus Reflex ...
Schon gut ...
Also dann, bis morgen.
Ja ... bis morgen ...
... Hab ich gerade wirklich zugesagt?
Sind wir wirklich Freunde?
Ich hoffe, du stehst morgen wirklich vor der Tür, Alan ...

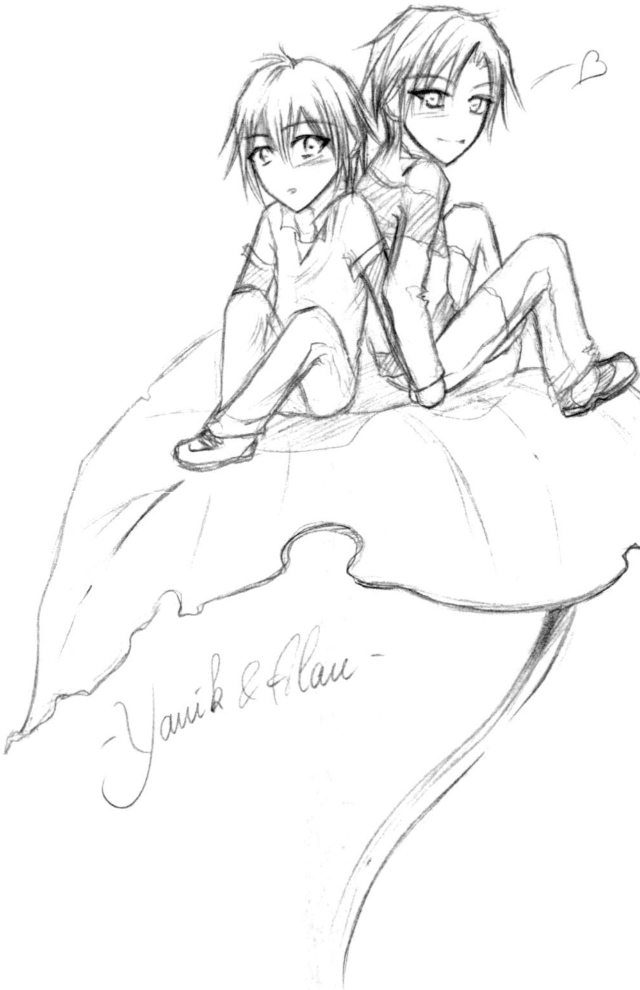
-Yanik & Alan-

stupid story
scene 4

Yanik-A
Höchstwahrscheinlich
nur in Alaus
Träumen ^_^"

Und am nächsten Morgen ist Alan tatsächlich erschienen ...
Wow!
Morgen!
Was für 'ne Maschine! Ist das deine?
Yep, sie ist mein Ein und Alles! Aber jetzt zieh den Helm an und steig auf!
Wir sind spät dran.
Okay.

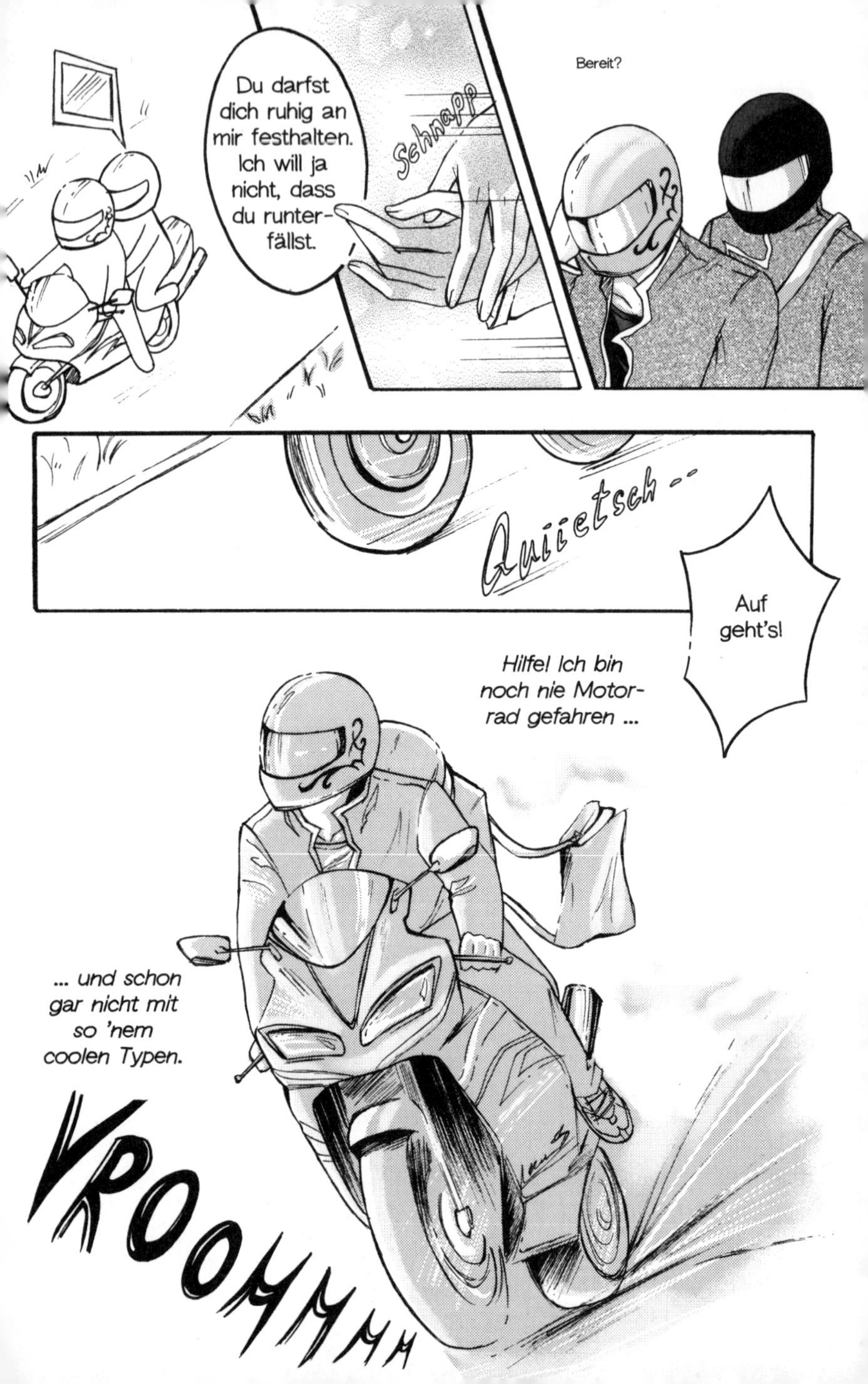
Du darfst dich ruhig an mir festhalten. Ich will ja nicht, dass du runterfällst.
Schnapp
Bereit?
Quiiietsch ...
Auf geht's!
Hilfe! Ich bin noch nie Motorrad gefahren ...
... und schon gar nicht mit so 'nem coolen Typen.
VROOMMMM

Da wären wir!
TAPP
Ha ha ha! Echt?
Bla bla!
Das war echt cool!
Danke.
Ähm ... Ach ja, hier, dein Helm.

Behalt ihn ruhig. Du wirst ihn nach der Schule noch br...
Alaaan!!
Oh, Alan. Wann nimmst du uns auch mal auf deinem Motorrad mit?
Alan, ich liebe dich!!
Aber das würde ich gerne tun, süße Lisa! Doch da ihr unzertrennlich seid, passt ihr leider nicht alle drauf.
Oh ...

Schnell, weg hier!
OMG! Alan hat dich berührt!!
Pack!
Oh mein Gott! Alan hat mich berührt!
Und er kennt meinen Namen!
Er ist wirklich sehr beliebt ...
So viele Mädchen wollen in seiner Nähe sein.
Und er wählt ausgerechnet mich?!
Wir sind so verschieden. Ob es richtig war, mit ihm Freundschaft zu schließen?

Hi, Al.
Hi, Mr Unbekannt.
Morgen, Kathy. Hi, Anni.
Hi, Alan!
Dein Klassenzimmer ...
Stufe 2B
Wow. Er kennt die Namen aller Mädchen an dieser Schule!
Nimmt sich ein Beispiel
Was für ein reizender Anblick ...
Also dann ...

Nicht genug, dass du mir die Frauen ausspannst. Jetzt machst du dich auch noch an Typen ran ...
Der schwule Alan und sein Lover! He he ...
Halt's Maul.
Pah! Eingebildet wie immer!
Sei doch nicht gleich neidisch, nur weil ich so gut aussehe ...
Ist 20 und Klassenältester.
Wiederholt zum zweiten Mal.
War der Frauenheld, bevor Alan kam.
WAS!?
Wie ich sehe, hast du dich auch nicht gerade weiterentwickelt. Wie oft wiederholst du die Klasse schon? Zum fünften Mal?!

Zum zweiten Mal, du Affe!!!
Ich ... Was?!
Bla ... bla ... Du spuckst! Ich geh mal besser.
Ich sehe dich nach der Schule, okay?
Hey! Ich rede mit dir!!

Tja. Willkommen in der Klasse, Yanika! He he!
Hm ...
Lass ihn in Ruhe, Mike!
Arsch ...
Aki ...
Komm her, Yanik, neben mir ist noch ein Platz frei!
...

Das kann ja heiter werden ...
Bla ...
Bla ...
Zzzzz
Ding Dong
Bis morgen, Yanika!
Ha ha!
Hi hi hi!

Na, war dein Tag auch so schön wie meiner?
Alan ...
Lust auf einen Bummel durch die Stadt?
Wahnsinn! Also, ich hab alles erwartet ...
... aber nicht, dass er mit mir den Nachmittag verbringen will ...
Okay.
Cool.

GAME Center
Und so ...
Top Games
CD-S
... verbrachten wir den Nachmittag zusammen.
Ich habe noch nie so viel gelacht wie an diesem Tag.
Irgendwie bin ich nun doch froh, Alan als Freund zu haben ...

Äh ... Ja, ein bisschen.
Hunger?
KNUUUR
Dann lass uns doch was essen gehen. Ich lade dich ein.

Danke, das ist echt nett.

Na also ... Er wird lockerer.

Fast & Five
Ja, probier mal ...
Schlüüüürf ...
...

Stille...
Tock
Ähm ...
!!
AH!
Was ist?
Schock

Alles in Ord-nung?
UNMÖGLICH!!
Ich muss mich zusammenreißen ...
Das kann nicht wahr sein?!
Alan?
?!
?

Bist du okay?
Hm ...
J... Ja klar! Ha ha ha!
Was war das denn?
Wieso sehe ich Yanik als Mädchen?
War vielleicht was in der Cola?

Hm ... Ich sollte etwas sagen, bevor wieder diese peinliche Stille entsteht.
Öh ... Sag mal, hast du eigentlich 'ne Freundin?
...
Ich hätte dich auf der Party ...
... nicht geküsst, wenn ich eine hätte.
Ähm ...

... Hätte ich bloß nicht gefragt ...
... Hätte ich bloß nicht geantwortet ...
Wie alt bist du eigentlich?

Ich? Ich bin ähm ... 16!
Nein, eigentlich 17 ... nächste Woche.
Kicher ...

Bla bla!
Nächste Woche ...
17 also ... Genau das richtige Alter, wenn er ein Mädchen wäre.

Und du?
Hm?
Oh, äh ... Ich bin knackige 19.
Ach so ... Dann ist das dein letztes Jahr an dieser Schule.
Stimmt.
HÄ?

... Dieser Mund ...
!!
... Diese Augen ...
Er ist wie sie.
Alles stimmt.

Nicht schon wieder!!
Wieso sehe ich ständig meine Traumfrau in ihm?
Gnhh...
Ich muss ganz schön pervers sein, mir 'nen Kerl als Frau vorzustellen.
He he he ...
Geht's dir nicht gut, Alan? Du bist so blass ...
Aufsteh
N... Nein ... Ich meine, ja! Ich habe zu viel gegessen. Lass uns heim-fahren!

Zu viel gegessen?
Okay.
In der folgenden Woche wurde Alan mein einziger ...
... und bester Freund, auch wenn ich ihn nicht oft gesehen habe.

stupid story
scene 5

A
Y
Angel
Aki

Geschenke ~ Paradies
Vielen Dank!
Hey, seht mal, ist das nicht Alan?
Stimmt! Was macht er denn hier?
Guck!
Oh!
Er hat sich was gekauft!!

Pah!
Das ist bestimmt für mich! Ich habe morgen nämlich Geburtstag!
Tze ... Warum sollte er ausgerechnet dir was schenken? Du bist doch nichts Besonderes.
Kyaah!
Ahhh!
Wie war das?!
Du hast schon richtig gehört!
Aua ...
Hm hmm ...
WELCOME
ZUUYPP
...
Er ist ... weg?!

Ding Dong
Yanik, du hast Besuch! Ich schicke ihn dir rauf, ja?
Be-such?? Ich??

KLACK
?!
Hey, wie geht's?
A... Alan?! Was machst du denn hier?
Oh, na ja ... Ich war zufällig in der Nähe und da hab ich ...

Feierst du gar nicht? Dachte, du hast heute Geburtstag ...
Äh ... Ach, wir haben schon gefeiert. Meine Mam hat Kuchen gebacken, bevor sie wieder auf Geschäftsreise fährt.
Hm ... Verstehe.
Also, ich war auf meinem letzten Geburtstag so hackedicht, dass ich in einem Bett voller Mädchen aufgewacht bin.
Ha ha ha!
Wirklich? Würde ich auch mal gern.

Was er jetzt wohl von mir denkt?
Smile
Wieso erzähl ich ihm das überhaupt?
Ja, ha ha. Du kannst dir gar nicht vorstellen, wie ...
Ach, ähm ...
Themen-wechsel!
Ich hab hier was für dich.
Für mich?
Alles Gute noch mal!
Hier!
Ein Geschenk von Alan ...

Aufmach!
Ein ...
... Anhänger?
YANIK
Ein Hase ... mit meinem Namen ...
Der ist wirklich niedlich ... Aber ein Hase ...?
Es gefällt ihm bestimmt nicht. Was mach ich hier eigentlich?
Er ist doch kein Mädchen!
...
Danke. Der ist echt niedlich!

Schön, dass er dir ein bisschen gefällt. Ich wusste nicht, was du magst ...
Na ja, ich muss dann wieder los.
Was? Ich will nicht, dass er geht!
Nein, warte!
Bitte, bleib.
OH..!!
Oh mein Gott! Ich drehe wieder durch.
Und der Anhänger gefällt mir wirklich!

Yanik, machst du bitte auf? Ich kann grad nicht.
Mam!
Gerettet!!
?
Puh ...
Ding Dong
Und er ... »Mach's dir ruhig be-quem« ...
Ich bin dabei, den Verstand zu verlieren.
Oh, entschuldige bitte. Bin gleich wieder da! Mach's dir ruhig bequem.
Mmh ... Das tut gut!
Puller Blub Blub
Zensiert!
WC
Platsch!

WC
Geh schon mal rauf, ich komm gleich nach.
Okay.
Hm?!
Immer noch zensiert!
HE HE HE..
AUTO
KLICK
Äh ...?
Boa! Ist der echt?!
KLICK
03/150
WTF!?
Was machst du da? Bist du bescheuert?
Raus hier! Sofort!
Ich fotografiere deinen Johnny!
Nicht übel ...

Du spinnst doch!
Was machst du hier überhaupt?
...
Na, na. Sei lieber etwas freundlicher zu deinem Erpresser, sonst bin ich bald ...
... nicht mehr der Einzige, der deinen Johnny kennt.
...
Kommst du demnächst zu meiner Party?
Hab mich eingeladen. He he!
Pff ... Vergiss es!!
Da seid ihr ja. Was macht ihr denn zusammen auf dem Klo?
Oh ...

Oh ... Da hast du was verpasst! Wir haben gerade geguckt, wem seiner größer ist!
ENTSETZT
Das stimmt doch gar nicht!! Dieser Perverse hat mich auf dem Klo belästigt!
Doch! Ich hab sogar Beweisfotos.
Mmhhh ...! Mmmh!
Vielleicht ist es doch besser, wenn ich jetzt gehe.
Was? Schon? Bitte, bleib noch. Ich meine ...
Ich würde mich freuen, wenn du bleibst!

Ja, bleib doch. Ich würde mich auch freuen.
Grins!
...
Na gut. Aber nur kurz.

Klick
Klick
Gääähn ...
Game over
Woah. Du kannst überhaupt nicht spielen, weißt du das? Pass auf, ich zeig dir, wie das geht.
Nee, lass mal. Es ist schon kurz nach 24 Uhr ... Ich werde mal langsam gehen.
Ja, ja. Hast wohl Schiss, zu versagen, was?
SMS abrufen
Sie haben 13 neue SMS.
Nö. Ich gönne dir den Sieg. Hab eh keine Chance.
Ich hocke halt nicht Tag und Nacht vor der Kiste, um Mario & Co. zu spielen. Zum Glück hab ich ein Privatleben.

Das ist nicht Mario!! Du Spacko!
Groarr
Grins!
Ach komm, Alan hat doch recht. Wir haben heute nichts gemacht ...
... außer gefuttert und gezockt!
XYZ
ZONE
Hä? Was is'n mit dir los? Ich würde nicht so nett zu ihm sein, nachdem er dich abgeknutscht hat.

Hmpf ...
Ehe he he he he ...
KLAPP
HÖ?
Das sagt gerade der Richtige! Steckst den Kerl in Weiberklamotten, nur weil du keine abkriegst. Lächerlich ...
Woher weißt du überhaupt, dass ich keine abbekomme?
Alan, hilf uns!
KYAAAHH!!
YAHAHA ...
Kommt zu mir, meine Häschen!
Na, von den vielen Mädchen, die sich bei mir ausheulen, weil du sie belästigst.

Was?!
Sie sagen, ich belästige sie?
Kann nicht wahr sein ... Ich bin immer nett!!
Du lügst doch!!
...
Hey, nun beruhigt euch wieder. Eigentlich sollte ich mich aufregen. Schließlich habt ihr mich zur Witzfigur der Schule gemacht!

Eingebildeter Penner!
Vollidiot!
...
...
Tze
Hey, Yan, willst du mal 'nen echten Schnappschuss sehen? Welcher Kerl wünscht sich nicht so einen? Ha ha!
Guck!

Äh ... A... Alan auf dem Klo? Und ...
Oh, ups ... sorry ...
Ah!! Oh Gott!
Gib das her!!
Was fällt dir ein, ihm das zu zeigen?
Wie löscht man den blöden Mist hier, verdammt!
Tipp
Tipp
Klick
Klick
Hey, du machst sie noch kaputt!
Nicht schon wieder ...
Na umso besser!
Gib sie wieder her.

Meine schöne Kamera. Beinahe hättest du sie kaputt gemacht ...
Schnief!
Wie kann man nur so blöd sein?
...
?
Mist, nur wegen dieses Fotos hat er nun ein völlig falsches Bild von mir ...
Also Leute, mir reicht's!
Ich gehe. Dann könnt ihr euch in Ruhe über meine Körper-teile unter-halten ...

Ach da ...
Wo hab ich meine Jacke hingelegt?
Er geht wirklich?
Warte!
Ich ... Also ... Auf dem Foto hab ich gar nichts gesehen ... Deine Hand war davor!
Pff ... Lügner!
Aber ...
Ach, schon okay. Ich bin müde und wollte sowieso gehen.

Shit ...
Was ist?
Ich hab meine Hausschlüssel daheim liegen lassen. Und meine Schwester kommt erst morgen zurück.
ZUCK
Dann ... bleib doch einfach hier!

Hier? Ich weiß nicht, ob das eine so gute Idee ist ...
Ich kann dir das Sofa machen!
Es ist schön bequem.
Hier ist genug Platz.
Also, was meinst du?
Was soll ich sagen?
Ich habe keine Ausreden ...
Aber wenn ich hierbleibe ...
Und ihn ansehe ... Dann ...
Alans Vorstellung!

Und dann ist da noch dieser Psycho ...
ZOCK KLICK
Was nun?
Gehen ...
... oder bleiben? Und den Anblick ertragen, dass meine Traumfrau ein Kerl ist ...

Hä? Was denke ich da bloß ...
Sie kann unmöglich Yanik sein!
Aber das Mädchen auf der Party ...
Das war ... er!
Vielleicht hab ich nicht genau hingesehen.
Und er ist doch kein Kerl!
Ich muss es genau wissen!
Das ist meine Chance! Heute kann ich es heraus-finden!
Hey, gute Idee. Wenn Alan bleibt, dann bleibe ich auch!
Dann können wir eine Pyjamaparty machen! Cool, oder?
Hab ich ihn eingeladen?
...
Ist der so doof oder tut der nur so?
Na, okay. Aber nur, wenn du mir diesen Irren vom Hals hältst!
HYAHAHAHA
Klick
Klick

Heute Nacht werde ich herausfinden, wer du bist ...
Freu!

stupid story
scene 6

Tiefe Nacht
Schnaarrch ...
Raschel
Schlafhemd von Yanik geliehen!
1:29

Hraa püüüh ...
Dreh
Zuck
TAPP
Z
Z
Z
Z
Z

Gut ... er schläft ...
Das ist meine Chance!!
Ich muss es jetzt wissen ...
...

Was mache ich hier eigentlich ... Ich muss bescheuert sein ...
Ich weiß doch, dass er kein Mädchen ist ...
... schließlich habe ich es selbst gesehen.
Ich bin müde und mein Kopf schmerzt ...
... ich sollte nicht so viel grübeln und schlafen gehen ...
PACK

?!
Du gehst schon wieder? Wie schade ...
Zieh
Was?!
Uwaah ...

POFF
OH MEIN GOTT!!
Willst du es denn gar nicht wissen?

W... Wissen? Was denn?
Wer ich bin!
... Du bist das Mädchen meiner Träume ...
Stimmt, aber nur in deiner Fantasie!
Huh?

... Nur in meiner Fantasie ...
In Wirklichkeit hast du dich ...
... in ein Mädchen verliebt, das keines ist ...
... daher versuchst du diese Gedanken zu verdrängen, indem du in mir nur das siehst, was du sehen willst ... eine Frau.
Willst du damit sagen, dass ich mich eigentlich in Yanik verliebt habe? Unmöglich!

Während-
dessen ...
Nh ...
Das fühlt sich
so schwer an ...
ANGEL
GÄHHHN~
PATT

... Was ist das?
hrrrhrr..
Ich brauch meine Brille ...
Wie spät ist es wohl?
Äh ...?
A...

Alan!
Aber ...
Was ...
... macht er denn in ...
... meinem Bett?
Z Z Z z
Mh ...

Ya...
Murmel
...
Yanik ...
Wie?
!
... hab ich mich verhört?!

Hat er gerade meinen Namen gesagt?
W... Was jetzt?

... Das ist unmöglich!
Du bist nicht Yanik ...
...
Und außerdem stehe ich nicht auf Jungs!
Armer Junge ...
... so verwirrt.

Nun ...
Wenn du mir nicht glaubst ...
... dann glaubst du vielleicht ...
... dem, was du siehst ...

!!
Was?!
Yanik ...
WAAAHH!!
GNH..

...
Wo ...
... bin ich hier eigentlich?!
?
Oh nein! Jetzt fällt's mir wieder ein ... Ich wollte ja ... Doch ich war sooo müde ... Ich muss wohl eingeschlafen sein ...

... Dann war das alles nur ein Traum?
Sie war nur eine Illusion?
Denn die Realität ist ...
Ähm, Alan?
... Er ...?

Yanik ...
...
Hey, Alan ...
Ja?
Wieso liegst du eigentlich bei mir?
!!

Hm ...
Hm?
Äh ...!
Also ... I... Ich hab mich verlaufen und ...
Was?
RASCHEL
Hmpf ...

KLICK
Was geht denn hier ab? Bei dem Lärm kann ja kein Schwein schlafen!
W... Was macht ihr denn da?! ... Ist ja pervers ...
...

He he he!
Ich hab doch gesagt, man kann ihm nicht trauen!
...
Er hat recht. Ich denke, ich gehe jetzt besser.
Auszieh

Das ist doch ein Scherz, oder?
Du kannst doch jetzt nicht einfach gehen ...
Es ist 3 Uhr morgens!!
3 Uhr? Dann würde ich aber nicht so rumbrüllen ...
Ups ...
Also dann ... Hab noch was zu erledigen. Tschüss und sorry!
Ha...
KLACK
...lt!!

Hm ...
Oh Mann! Ich glaub's nicht. Er ist einfach ge- gangen ...
Wieso er wohl so reagiert hat ...
...
»Was zu erledigen ...«
So ein Quatsch!
Ob er wirklich meinen Namen im Schlaf gesagt hat?
Oder war das nur Einbildung?

Boah, war das peinlich? Was ist nur mit mir los?
Eine Blamage nach der anderen ...
Ist es wahr? Hab ich mich verliebt ... in Yanik?
Und, wenn es wirklich so ist?
Was soll ich nur machen?

stupid story
scene 7

Aki? Geh du schon mal vor, ich komm gleich nach!
Okay, aber beeil dich. Es läutet jeden Moment ...
Und verlauf dich nicht *grins*!
Ist gut, bis gleich ...
Hausordnung
Schule
Hier muss es sein.
... Hallo?

Kicher ...
Hi hi hi!
Ist er nicht süß?
Uh ... Was?!
Lauter Mädchen ...
Er ist echt zu beneiden.
Oje! Er sieht total müde aus. Ich frage mich, wo er geschlafen hat. Ach, ich werde ihn einfach fragen ...

... Ich trau mich nicht ... Nur Mut!
Ha... Hallo!
?
...
Hey, ist das nicht der Typ, mit dem Alan zurzeit so oft rum-hängt?
Genau, es gibt immer noch Gerüchte, dass zwischen denen was läuft.

Also ich finde ihn echt niedlich! Hi hi!
Ja, nur dass er mit diesem Milchgesicht keine Chanchen bei Frauen hat! Ha ha ha!
Alan gehört uns!
Hör zu, Kleiner, besser, du hältst dich von Alan fern, oder willst du, dass man über euch lästert?
BLUSH
Gerüchte? Immer noch?
Ich wollte mir auch so einen kaufen ...
Hey, ist das nicht der Anhänger aus dem Geschenkladen? Die sind brandneu.
KLIMPER
Doofe Kühe!

Stimmt, den wollte ich auch ... hab mich aber nicht getraut, da Alan gerade dort stand.
?
Wo hast du den her, Junge?
Echt? Du auch?
Äh ... D... Das war ein Geschenk!
Ein Geschenk? Doch nicht etwa von Alan?!
Ist das wahr? Alan! Sag doch auch mal was ...
...
Alan, nun sag doch was!
Kreisch
Wieso seid ihr so still? Ist das etwa wahr?
... dieser Lärm ...
... mein Kopf tut weh ...

BAMM
Ruhe! Verdammt noch mal, was soll denn dieser Lärm?!
iiiikkh
... Er sieht aus, als ob er gar nicht geschlafen hätte ...
Also ich geh jetzt zum Sportunterricht ...
Fällt der heute nicht aus?
ÄH...
Verräterin!

...
Hi!
Strahl
Yanik ...
Gräum
... Was denk ich da ...
Nix wie weg!

PACK
Warte doch! Was ist denn los? Du warst gestern so schnell weg. Alles okay?
Na klar! Alles bestens ...
Ich hab bei einem echt guten Freund übernachtet ...
zz
... Irgendwie glaub ich ihm kein Wort!
Ach so, sag mal, hast du nicht Lust, heute was mit mir zu unternehmen?
Wieso ist Alan so nett zu ihm?
Da läuft doch was ...

... Er macht mich ganz nervös. Wegen dieses blöden Traums kann ich ihm nicht mehr in die Augen sehen ... Ich hab die ganz Nacht nicht ge-schlafen ...
Ich weiß nicht ... vielleicht ...
Ich muss immer wieder daran denken ... Ich dach-te, das ginge vorbei, doch wenn ich ihn ansehe ...
Sorry, aber ich muss jetzt los!

...
Aber wohin denn?
... Hast doch frei ...
Ich kapier gar nix mehr ...
GANZ
RAARH
HAHA
HA
GRRR
ALLEINE
Hm ...
Irgendwie ...
HILFE!!
Bleib stehen, du Milch-gesicht!
Huh? Schon so spät?! Also ich muss dann auch! Und tschüss!

Schu
So kenn ich Alan gar nicht. Dauernd geht er mir aus dem Weg ...
Er meidet sogar den Blickkontakt mit mir. Ob das meine Schuld ist?!
Bis morgen!
Und stellt bitte die Stühle auf!
Bin dann mal weg ciao!
Tschüss. Bis dann.
PACK

Mike
Was'n heute los, Yanika?
❤
So still ... Hat dich dein Lover verlassen?
... der hat mir gerade noch gefehlt!
Was glotzt du denn so? Hab ich etwa recht?
Mike, kommst du?
... Langsam nervt der ...
HA AHA
BUAH AH

Ob Alan auch schon gegangen ist?
Hast du seinen dummen Blick gesehen?
Ha ha!
Ich sehe nach.
Ich geh jetzt nach Hause, Al! Heute warst du mir beim Putzen echt keine Hilfe!
Hallo!
Huh?
Kann ich dir helfen?
Ähm ... ja, ich suche Alan.
Ach so. Der ist noch drinnen, aber gerade nicht ansprechbar.
Versuch du dein Glück ...

Alan?
Oh ...
...
Alan?
Oh Mann! Junge, bist du im Tief-schlaf?!
Zieh
Mh ...
Du ... bist kein Mäd-chen ...
Was? Wer?

... Yanik ...
?
Hä ?!
? ?
Zzzzzz
Blinzel
...
?!

Ah, Vorsicht!!
WAAAH
Yanik ...
Dosch
Ehe he he ... noch mal gut gegangen.
Was machst du hier? Wolltest du mich umbringen?
Sorry, ich wollte dich nicht erschrecken.
Aber du bist seit gestern so komisch, da hab ich gehofft ...
... dass wir zusammen heimlaufen ...
... und ... bla bla bla bla ...
Schon wieder so ein Traum, doch dieses Mal war es bloß Yanik ... kein Mädchen!
Du, sag mal ...
Bla-hö?
Hab ich beim Dösen irgendwas Komisches gesagt?

Hm ...
Nein ...
Du bist kein Mädchen, Yanik ...
Gar nix.
Halt!
Gut, dann gehe ich jetzt!
Hast du vorhin nicht zugehört? Ich sagte, ich will was mit dir unternehmen, und zwar jetzt!

Was soll denn das jetzt? Ich hab echt keine Lust ... Bin total müde.
Ach komm schon. Nur auf ein Eis!
Biiitttt EEE~
GNAARGH
KLATSCH
Na schön ... Aber jetzt schau ge-fälligst woanders hin!

Na? Ist doch prima, oder?
Hhm ...
...
Was hast du? Schmeckt dir dein Eis nicht?
Doch, doch! Ich bin nur nicht besonders hungrig ...

Was war gestern eigentlich ...
?!
... Also irgendwie ist er in Gedanken ganz woanders ...
Ist das Schoko-Kirsch? Darf ich mal probieren?
... vielleicht lenke ich ihn lieber ab.
Ähm ... klar, hier!

OH MEIN GOTT!
Normalerweise würde ich das nie tun ... Einen Typen an meinem Eis schlecken lassen ... Aber wenn es Yanik ist ...
Yam yam
Und? Schmeckt's?

Hmh ... Ja, lecker! Magst auch was von meinem probieren?
Ähm ...
Nein. Aber danke!
... Lieber nicht ...
Na gut, dann esse ich's selbst.
Mist! Warum werd ich jetzt schon wieder rot? Ist doch nix dabei!
Ah! Vorsicht! Dein Eis schmilzt.
Ups ...

... Eigentlich bringt mich nichts aus der Fassung ... aber er ist anders ...
Ich hatte Angst, ihm heute in die Augen zu sehen ...
Bei ihm werde ich irgendwie zum kompletten Vollidioten!
... und zu erkennen, dass ich einer Traumvorstellung nachgerannt bin ...
... mich aber tatsächlich in Yanik verliebt habe ...

Diesen Gedanken hab ich die ganze Zeit verdrängt.
Seltsamerweise schreckt mich das nicht mehr ab ...
Selbst jetzt, obwohl mir bewusst ist, dass er ein Junge ist, will ich ihn nicht aufgeben ...
Es ist mir egal, dass er kein Mädchen ist ...

Yanik, ich ...
?
Was ist? Hast du's dir anders überlegt mit dem Eis?
Ähm ... Nein ...
Glitzer
Ich muss dir was sagen ...
... Was sagen?

!?
Ende von Band 1

Yo!! Ich bin's ... Joe. Und wie ihr sicher schon gemerkt habt, spiele ich in diesem Manga die Hauptrolle!! Deshalb bekomme ich auch eine extra-Seite ... ja genau Hehe.
glitzer
Oh!! Aber was ihr unbedingt wissen solltet... Hase und ich sind nicht nur ein Anhänger und ein Vogel... Nein!! Denn was keiner weiß... Nachts, wenn alle schlafen, nehmen wir die Gestalt der Menschen an!!
meine Gedanken gehören dann nur noch Hase und...
zensiert
zensiert

Rollentausch - Was wäre wenn ...

Und die Moral von der Geschicht ...
Mit Alan spielt man am besten nicht!

TOKYOPOP GmbH
Hamburg

TOKYOPOP
7. Auflage, 2015
Originalausgabe

Rechtschreibung gemäß DUDEN, 25. Auflage

STUPID STORY

Redaktion: Elke Benesch
Lettering: Inga Bünning
Herstellung: Birgitt Steven
Druck und buchbinderische Verarbeitung:
CPI–Clausen & Bosse GmbH, Leck
Printed in Germany

ISBN 978-3-86719-316-0

www.tokyopop.de
www.levelanix.de

DER DUFT DER APFELBLÜTE

Toko Kawai

Eine schicksalhafte Begegnung!

Der junge Vertreter Haruna soll mit der Sake-Brauerei der Familie Nakagawa einen Liefervertrag abschließen, stößt dort aber auf große Ablehnung. Doch in den Enkel des Besitzers verliebt er sich auf den ersten Blick! Trotz der allgemeinen Zurückweisung legt Haruna sich voll ins Zeug, um die Vertriebsrechte für den »besten Sake der Stadt« zu bekommen. Wird ihn das auch bei seinem Traummann zum Ziel führen?

TOKYOPOP®

www.tokyopop.de

LOVE STAGE!!

Eiki Eiki / Taishi Zaoh

Ein Star wider Willen!

Izumi ist überfordert. Seine Familie ist berühmt, alle sind entweder Filmstars oder Sänger. Izumi kann sich dem Trubel kaum entziehen. Dabei möchte er nur für seinen eigenen Manga üben, denn Mangaka sein, das ist sein größter Traum. Als ihn plötzlich seine Familie dazu drängt, in einem Werbespot mitzuspielen, trifft er einen alten Bekannten wieder: den beliebten und sehr attraktiven Schauspieler Ryoma ...

LOVE MONSTER

Junta Mio

Krall ihn dir!

Akira gibt Itsuki gern Nachhilfe, sie kennen sich schließlich schon seit ihrer Kindheit und sind sehr vertraut miteinander. Doch das Einzige, woran Itsuki noch denken kann, ist, mit Akira endlich einen Schritt weitergehen zu können. Prompt gesteht er ihm seine Liebe und stellt Akira vor vollendete Tatsachen. Ob Itsukis Strategie von Erfolg gekrönt sein wird?

STOPP!

Dies ist die letzte Seite des Buches!
Du willst dir doch nicht den Spaß verderben
und das Ende zuerst lesen, oder?

Um die Geschichte unverfälscht und originalgetreu mitverfolgen zu können, musst du es wie die Japaner machen und von rechts nach links lesen. Deshalb schnell das Buch umdrehen und loslegen!

So geht's:

Wenn dies das erste Mal sein sollte, dass du einen Manga in den Händen hältst, kann dir die Grafik helfen, dich zurechtzufinden: Fang einfach oben rechts an zu lesen und arbeite dich nach unten links vor.
Viel Spaß dabei wünscht dir TOKYOPOP®!